HAIKU-H₂O

<ruby>HAIKU-H₂O<rt>はいくエイチツーオー</rt></ruby>

夢みる夢子

YUMEMIRU Yumeko

文芸社

はじめに

　俳句を創り始めて10年以上になるが、5・
7・5の世界にこんなに夢中になる自分を、
時々俯瞰している自分がいる。この余りにも短
い言葉の組み合わせを、何故あきもせず日々推
考出来るのか不思議でならない。
　どのように描けば、この世界の美しさを伝え
ることが出来るのだろうと思うが、はたとこの
世とは、言葉では言いつくせない程の美しさに
満ちているのだと気づく。
　人は、手に届かない物を欲がるものだ、語り
つくせぬと解っているから、私は多分日々俳句
に向うのだろう。

高みを目指すことは出来るが、越えることは永遠にない世界、俳句とは、そのような世界のことではないのか…。

新年・春

木間を抜け光の束や初明り

初釜の湯音ばかりの静けさや

鋤きてなお解けぬものや初霞

初御空光まつ間のエスプレッソ

ある軌跡しらじら明くる淑気かな

初風や山河をわたる鳥となり

人 の 死 の つ ま ず く よ う に 初 霞

初 風 呂 を あ ふ れ さ せ た る 白 寿 か な

白 髪 を 束 ね て い た る 去 年 今 年

はだれ野の奥三千院山門

春水に石投げ打って三段

ふと足を止め犬ふぐりの善良

手 の 中 で 眠 る 子 猫 の 円 相

紙ひこうきすぐにつんのめって若草

竹とんぼビュンと飛んだる日永かな

摘む茎の赤きが嫁菜手をあふる

若草に寝てみた空のひろさかな

影ひとつ窓をよぎりて春の声

菫咲く只の菫のごとくにて

人の身をおぼれさせたる梅が香や

待ち合わせ10分をきざむ花時計

子猫啼く掬えば拾う命かな

野に出でて春待つ同じ顔となり

五感さす棘ぬけてゆく春隣

谷川の水も春日も掬いける

沈丁の曲がる前から咲いてをり

剣山がささえてすがし桃の花

うらら日や犬と怠けている朝

新しきものの匂や春の水

若葉透きとおるかたちにやこもれび

酒なかにポンと口開くあさりかな

うり坊に名をつけし日の四月馬鹿

吾が生きていて桜の美しきかな

うぐいすの場所を違えて次の声

便りきてひきこもごもの日永かな

蛙子のやたら動いてにごり水

めらめらと野火したたかに天をこがす

軽がるとひらひら黄も白も蝶ちょう

ものの気のかたちやから松霞なか

いのこづち何か通るを待ちかねて

花屑をひとつ吐きたる鯉の口

おさなさや乳房をふくむ子猫かな

毛ものらの食べ残しけるわらびかな

白魚や沢山（あまた）黒き目ばかりかな

反芻の若草牛の黒き舌

茫茫と海を渡りてつばくらめ

身をなめている犬の目や春昼

盛り盛りとしてくる桜息吹かな

椿蕊太き骨格となりける

只一本心にのこる里桜

「ただいま」と春をまといける抑揚

25

立春の少し冷たき石のベンチ

越ゆるものとてなき野や山帰来

春先を写して池の面のみどり

ひなの家鬼も住むなり数え唄

収まりて声収まらぬ百千鳥

軽やかにかいぐる先の白魚かな

学友のオイと呼び合う春隣

卒業や水無し橋を右左

摘むほどに手に深ぶかとよもぎかな

時折を戻りていたる蟖の道

流るればもうちりあくた花いかだ

誰が見るや咲きみだれける山の藤

親まねの今日より明日の鶯や

しなやかに蝶遊ばせている野原

水ぬるみ鴉はつぶて打てるらし

酒蒸しのはまぐりチュと鳴き終えて

白魚やスケスケのアバンギャルド

芽ひじきのほどけて果てのふてぶてし

背からくる虻のゆくえの気にかかる

神が鋤きはじめて春の野の明し

口さみし土手の芽花<ruby>芽<rt>つ</rt></ruby><ruby>花<rt>ばな</rt></ruby>をつまみけり

32

山 に 咲 く 八 重 山 吹 の 金 の 花

まっ白 が 燃 え た つ よ う に 花 り ん ご

黄 泉 の 国 み て き た よ う な 花 疲 れ

引鶴の今日は帰らぬ点となり

でで虫の角のびてくる雨あがり

それでもこれでもないねん木瓜の花

あかつきを嬉しと蛙ひたすらに

天晴や散りゆく桜ふぶきかな

無季

幾千を流れて石のくぼみかな

35

霞つつゆく連山の奥深き

ふたすじを水面にきざむ鴛の影

穀雨かな秘薬まざりし気配する

けんと鳴くきじ人近くに住みける

汀<ruby>汀<rt>みぎわ</rt></ruby>なく波の音する春がすみ

ゆるぎなき桜を背<rt>せな</rt>に写真かな

春の野の見えぬが淡い菩薩かな

むずむずと水温み孵化したるもの

あづみのの雪解水の水車かな

春眠のとけぬや夢の端に居て

肩たたくものありさらさら糸桜

母を追うことに夢中や鹿の子かな

シャボン玉虹がまどかに回わりける

荒涼や鴉の巣あり大都会

桃の日や少女がひとつ皮を脱ぐ

さびしきをただ日常と鳴く亀や

放たれて意志もつものとなり野火

饒舌というなら蝶の浮遊かな

41

ペン立ての耳掻をとる春隣

春の野の一日ごとののびしろや

山椒を手折りてふれた香かな

42

夏

幾重にも牡丹のつぼみ開くところ

洩れ日にまぎれて鳥の水遊

透明をあふれさせたる泉かな

そそくさと餌に向いたる女郎蜘蛛

過ぐるをや待つ極暑けだるき

天牛<ruby>天<rt>かみ</rt></ruby><ruby>牛<rt>きり</rt></ruby>のあらがう力強きこと

直滑降に落ちて午睡の深さかな

炎昼の睡魔沼に沈むごとし

三尺寝大工の足の日向にて

庭少しこげたるねずみ花火かな

白き身をさらけ出したる大鯰

きっぱりと夏の合図やギンガムチェック

ボートこぐ水面に空の高さかな

とったどーと犬が押しやるとかげかな

風吹かばきりなくこぼる花棟

夏の海「あっ」魚になったかも知れぬ

素もぐりの吾が大海に矢をさしぬ

ポストまで登りてヘクソカズラかな

月の夜は光りつづけて花うつぎ

森を抜けほとほとぬれて青時雨

五月雨やけだるきジャズのパーカッション

初夏の自転車こぐ少年の首

夏木立涼のさかいのあるごとし

ぼくとつと竹風鈴の午後の音

やわやわと蝉の生まれて開きける

無季

けんかしてヨーヨーひとつついてみた

手払いの風にががんぼただよいぬ

53

一日を刈り通す芝草いきれ

君の白き腕きっぱりとノースリーブ

指先やブルーベリーの濃紫

暗闇に逃がした百足虫いるような

とかげきてシュルリと長き舌を出す

自在なる水脈（みお）の果てにて泉かな

りんぷんを自ら焚べて蛾の咀しゃく

あわれさを美しきとは鵜飼かな

グイグイと夏の地球を鎌で刈る

滴りや苔をあふれてくるひかり

夏の川飛び込み岩の高さかな

キュッと鳴きしぼみきりたる鬼灯や

銀のいろ持ちて一筆なめくぢり

つかの間を静かに大路日の盛り

海のなか人のかたちに泳ぎける

丑三つや卯の花くだし鞍馬山

さよならを夏のこだまにとられける

白百合や振り向いてみる君の命

何年を生き「阿吽」とは蝦蟇の口

一寸のあゆみをめでて尺取虫

かの山の西日が木々を燃えたたせ

風紋の又くずれさる大南風<ruby>大南風<rt>おおみなみ</rt></ruby>

石段を登りて今日の<ruby>百日紅<rt>さるすべり</rt></ruby>

うすうすとこの犬青芝の匂

落雷や眠らぬ街を治めける

手折りてみればとしたたか姫紫苑

雑草のような人薔薇のような人

草を引くいつからを無心というや

腸(わた)持たぬを死と呼べば空蝉とも

雨の後蜘蛛(くも)の囲(い)千にかがやきぬ

山 寺 の 小 僧 の ひ ざ や 花 石 榴

日 盛 り に 老 い な が ら 家 事 の こ と な ど

天 動 に 身 を ま か せ た る 吹 流 し

百合の蕊あらぬところについてをり

紫陽花は濡れてすがしいものとなる

老いてなお荒けずりとはうすばかげろう

行 き 先 は 古 き 宿 蟻 塚 に き け

万 緑 を 目 に 染 む 程 に 見 て い た り

只 そ こ に 充 足 し て い る 合 歓 の 花

夕立や昔話をしておりぬ

そろそろと思う時刻や月見草

青き空対なるものや夏野かな

消えかかる虹の破片のうす紫

触角のためらいがちなるなめくぢり

どくだみのこんなにもはびこる十字

日だまりが溶かして困る抹茶アイス

巌（いわお）の前に櫂ひとさしぬ舟遊び

鞄置きソーダー水のボタン押す

常盤木にながながと蛇衣を脱ぐ

居るも独り緑陰口笛を吹く

「はい」という葭戸の奥の主の声

しばらくは余韻といういろの花火

炎帝の容赦なき一撃をくらう

蓼の花こぼしていたり指の先

闇に似てこうもりさわぐ夜のある

蛇するりと水飲み場を渡りける

山ひとつ緑がつたのおおいなる

藻の花の流るるように浮くように

滴りや端<ruby>端<rt>はじ</rt></ruby>より出でて水の途中

海の面の逆立ちてくる青あらし

73

違うみぞすべり来て夕<ruby>立<rt>ゆだち</rt></ruby>雨だれ

カンテラの赤い金魚を掬いける

暗くなるまで待って黄色月見草

郵便はがき

1 6 0 - 8 7 9 1

1 4 1

東京都新宿区新宿 1 － 10 － 1

(株)文芸社

　　　　　　愛読者カード係 行

||||||•||•||••|••|||||•||•||•||•|••|•||•|••|•|••|•|•|•|••|•|

ふりがな お名前		明治　大正 昭和　平成　年生　歳
ふりがな ご住所	□□□-□□□□	性別 男・女
お電話 番　号	（書籍ご注文の際に必要です）	ご職業	
E-mail			

ご購読雑誌（複数可）	ご購読新聞
	新聞

最近読んでおもしろかった本や今後、とりあげてほしいテーマをお教えください。

ご自分の研究成果や経験、お考え等を出版してみたいというお気持ちはありますか。

ある　　　ない　　　内容・テーマ（　　　　　　　　　　　　　　　　　　　　）

現在完成した作品をお持ちですか。

ある　　　ない　　　ジャンル・原稿量（　　　　　　　　　　　　　　　　　　）

書　名	

お買上 書　店	都道 府県	市区 郡	書店名				書店
			ご購入日	年	月	日	

本書をどこでお知りになりましたか?

1.書店店頭　2.知人にすすめられて　3.インターネット(サイト名　　　　　　　)

4.DMハガキ　5.広告、記事を見て(新聞、雑誌名　　　　　　　　　　　　　　)

上の質問に関連して、ご購入の決め手となったのは?

1.タイトル　2.著者　3.内容　4.カバーデザイン　5.帯

その他ご自由にお書きください。

(　　　　　　　　　　　　　　　　　　　　　　　　　　　　　　　　　　)

本書についてのご意見、ご感想をお聞かせください。

①内容について

②カバー、タイトル、帯について

弊社Webサイトからもご意見、ご感想をお寄せいただけます。

ご協力ありがとうございました。

※お寄せいただいたご意見、ご感想は新聞広告等で匿名にて使わせていただくことがあります。

※お客様の個人情報は、小社からの連絡のみに使用します。社外に提供することは一切ありません。

金魚鉢風のりんかくやも知れぬ

立夏耳をすませば亡郷のせせらぎ

雲海を分けいたる屹立の峰

林立の人の孤独に似て葵

灯の中で河鵜の紐の自由かな

おじぎ草用もないのに触れてみる

しおるれて手にあるせつなカタバミ

花穂をふる風の強きに小判草

暮れのこる光のなかや桑いちご

届くものなし土曜の端居かな

蛇の背のジグザグと野を走りける

闇夜ならなおくぐもりて青葉木菟
あおばづく

芍薬の明日咲きそろうつぼみかな

真盛りを熟れてるところまくわうり

時を知りわくらば無意に落ちにける

短夜のかくも忙しき朝ぼらけ

明けぬ前人語のひそと田植どき

雨音の渡りて虚（うろ）の河鹿かな

ギイと啼く天牛や反骨の口

闇なかに慟哭たてる噴井かな

うずうずと穀象出たり古米山

貴船鞍馬と道をしへツーイツイ

祭太鼓や足の拍子をとられける

夏の滝しぶく端(はじ)まで夏のいろ

82

せきららはもういいかもレモンスカッシュ

カワセミの青きが水をはじきける

無季

生くるは悲しさらでだに人の死や

老 犬 や 遠 雷 に 遠 き 目 を す る

飛 ぶ 音 の あ た り て 落 つ る 金 亀 虫

犬 に か が れ て い る 蟇 の じ ー っ と じ っ と

子子の右往左往の命かな

亀の子ののろきを見いるつかの間や

水澄わたればひとつ水の輪や

波 の 音 し の ば せ て く る 夏 の 夜

夏 休 み 木 暗 し さ み し 帰 え り 道

夏 野 な ら 百 の あ く び の 出 る と こ ろ

追うても追うても目の前のまくなぎ

青柿と確認したる野猿かな

グーとかスーとか犬の昼寝いろいろ

炎ゆる浜つっきってゆく子らの歓声

夏木立円卓に長居の3時

遅遅として書斎にこもる残暑かな

秋

星月夜空見上げることを忘れいし

白秋を笑っている金太郎あめ

豆打つをくれろと鴉今日も来て

野仏の塚にがらがら星の飛ぶ

虫の音の遠のいてゆく寝落ちかな

戦争を知らない終戦記念日

秋果この美わしきものを頂く

短命のかげろう何をみたのやら

赤あかと生身の声や原爆忌

猪 の 罠 ね む い 眼 が か か り け る

磯 路 き て 松 よ る 波 に 雨 月 か な

大 い な る 月 が か か り ぬ つ い 窓 に

細き枝たわませてくるもず日和

富士すその百千百千の白露かな

ひとつ打つたびしみじみ鹿おどし

秋霖や背中より押しよせる獏

にぎにぎとしかも淋しき花野かな

潮風を受けてレモンの木のさわぐ

したたかをこぼしていたり鴨の群れ

闇なかに仁王立ちたるかまつか

薮虱何も来ぬ日の口おしい

秋深くこれはこの瀬の流る音

やちまたや猪の匂の道ひとつ

秋の夕日飲み込んだのは誰

秋草を染めぬいている小雨かな

一椀をもとより出たる秋の月

山の栗拾えばすぐに日の暮れて

晴ればれと郁子やま風に吹かれける

手の中のふたつ鳴りたる鬼ぐるみ

一本の背骨になりぬ夕餉の秋刀魚

どんどん底抜けてゆく秋の空

こんかぎり朝を鳴きぬく虫の声

晩秋をほほえんでいる野仏や

技術とは又違う何か曼殊沙華

手にかざす一葉が語る紅葉かな

月の出を静かなるものと知りける

ひぐらしの森の底にてきく声や

数えても数えきれぬよ秋茜

虫囲いたる草丈の深さかな

草ひばり鳴きやむまでをききいりて

簑虫のこっくりひとつ動きける

ぎょっとする気持がまさりて芋虫

天の川ささえて闇の夜の深し

草なかにふりむき様のいぼむしり

掃きをれば秋のいろ重なりてくる

小雨にもしなやぐ枝や萩の花

食む口の目も又すずし山の鹿

いとどかなふらちな程に飛びにける

一瞬をかたち変えたる群むくどり

臭木の実黒いつぶらを鳥の食う

めだたぬが華と隅に時鳥草

いも虫の潰れてまさお吐きにける

みの虫の身近かな枝を引き寄せて

好好爺小鳥の巣箱かけおきぬ

天命のあらあらしくも野分あと

腸に染む発酵の匂秋の森

尖顔する子にも月のあたりけり

109

ひと口を鴉のねらう熟柿かな

日曜の蚤の市フェルトの彦星

赤白とこぼれて萩の石だたみ

錆鮎のうろうろと残りける淵

稗田に青さぎを立たせている夕暮れ

草の実をつけて子犬の戻りける

銀沙灘 月の矢が射る蔦かづら

人の家の柿のたわわも夕焼けかな

秋の空にや弘法の筆のあと

もう今日は燕が巣にや帰らざる

一房を黒きが粒の葡萄かな

まどろみをにわかにさわぐ小鳥かな

鳥おどし光するどく刺すごとし

道なきを追うて分け入るむかごかな

目は果てを一途ばかりのかりがねや

銀 杏 の 実 や 人 は 荷 を 持 ち た が り

幼 子 の 手 に 余 り た る 木 の 実 か な

光 年 を 横 わ た り て や 天 の 川

柿紅葉がさがささわぐ日暮れかな

またたけばもう一生と秋蛍

さみしさを嵩（かさ）ましてくる白桔梗

冬

裸木にたわむる2羽のオノマトペ

百合鷗赤き鉄橋越えにける

笹鳴にふと目を返す藪の中

ことさらに透きて流るる寒の水

ポンと抜く人参の朱のときわかな

いしやきいも一風となり笛となり

夜鷹蕎麦木屋町の角にや一灯

一度はひるがえり又落ちて落葉

炉語りのたまに火熾す長火箸

ならくの底かとしんしん霙かな

客人が静かにまたぐ氷面鏡

水の端少し淀みて初氷

冬の灯のなくば芯から寒かろう

侘助をこぼるるように雨の音

伸びの手にふるるものあり小春の日

凍滝の大いなる水のかたち

道標を見落してゆく雪夜道

降りつづく雪の白さや実千両

無季

ありがとうとしか言えぬこの世かな

柊の花も香もこぼれていたり

葱汁の葱がほどけた熱さかな

人 の 影 動 き て 声 の 障 子 か な

こ と こ と と 湯 豆 腐 一 丁 動 き け る

腑 に 落 ち た 玉 子 ぞ う す い ご ち そ う さ ま

さ雲りてにわかや山頂冬の雨

深霜を踏みてなおけわしからずや

日当りに静かな余生冬のはえ

つややかと眠りに落ちて小白鳥

山眠る静まりかえるという音

はぜる音いつまでも聞く焚火かな

ろう梅の名を知らずいて聞きにける

只ひとつの塚となりぬ枯芙蓉

少しほつれたセーター着ているあなた

塩鮭を一本持ちて知己遠来

口ごもりただ黙もくと冬の沼

おびただし急ぐ落葉の光かな

老犬の身を案じてや冬独語

草丈にまぎれていたち低く早く

大雪にエイ! と外出する刹那

枯野越え枯野に似たる海のある

冬夜空万華をつくす光のみ

かよい路に雪折かぶるもの起こし

身 に 染 み て 壁 の へ こ み の 寒 さ か な

雪 が 摘 む ひ と つ ひ と つ の 音 な り き

水 仙 を ほ め て 客 人 あ が り け る

朝やけを透かしてたるるつららかな

余呉の海人が沈んでしまいけり

三条大橋いよいよ牡丹雪

思いたつこころか<ruby>外<rt>と</rt></ruby>を打つ北風

ひと針が冬日をきざむさしこ布

水の輪に水鳥水のみどりかな

足跡を打ち消されたる千鳥かな

何年を潮の満ち引きみたなまこ

流木の所在なさげな冬の海

あかつきに少し間があり浮寝鳥

こんな夜はクリスマス粉雪こんこん

大寒の染み渡りてなおほぞの奥

冬夜空見えぬ奥までまたたきぬ

冬の灯やこまごま暮らしの音をたて

障子戸の内なるも外に似て寒し

どか雪のどんどん白き白き圧

意固地と書いて残雪酸ヶ湯かな

炭起きよやさしく吹けばはぜる音

おわりの言葉

　芭蕉以降数多くの俳人が台頭してきたが、そのほとんどの句作を読破するのに約４年の年月がかかった。どこかの流派に入ってというのが順当と思うだろうが、俳句は自分の世界をいかに表現するかということにつきるのだから、はじめから一人で道を開拓するのが道であると思った。

　４年間の読本の中でどうしてもこれには勝てないという句があった。私は自分の中でそれを「参りました句百選」と題してノートに記録しているが、何度読み返しても、何て上手な表現を見つけたものだと感心せずにはいられない。

　特記すべきことは、それらは全て、平易な言

葉の組み合わせであるということである。

　まだまだ先は長いと感ずる今日この頃である。

著者プロフィール

夢みる夢子（ゆめみるゆめこ）

1953 年生まれ。
京都出身、鹿児島県在住。
2015 年 自費出版「夢みる夢子の田舎暮らし『ヘブン自然農園』」
2015 年 自費出版「夢みる夢子の田舎暮らし『夢のつづき』」
2016 年 自費出版「夢みる夢子の田舎暮らし『ヘブン自然農園』」第 2
　　　　刷発行
2018 年 自費出版「夢みる夢子の田舎暮らし『その実践』」
2021 年 「KANOMONO」（文芸社）
2022 年 「SUPER MOON」（文芸社）
2022 年 「HAIKU-O₂」（文芸社）

は　い　く　エイチツーオー
HAIKU- H₂O

2023年 4 月15日　初版第 1 刷発行

著　者　夢みる夢子
発行者　瓜谷　綱延
発行所　株式会社文芸社
　　　　〒160-0022　東京都新宿区新宿1－10－1
　　　　　　　　　　電話 03-5369-3060（代表）
　　　　　　　　　　　　 03-5369-2299（販売）

印刷所　株式会社フクイン